Otokar Brezina, Otto Pick

Hymnen

Otokar Brezina, Otto Pick

Hymnen

ISBN/EAN: 9783337352974

Hergestellt in Europa, USA, Kanada, Australien, Japan

Cover: Foto ©Andreas Hilbeck / pixelio.de

Weitere Bücher finden Sie auf **www.hansebooks.com**

Ottokar Březina

Hymnen

1913
Kurt Wolff Verlag • Leipzig

Dies Buch wurde gedruckt
im Oktober 1913 als zwölfter
Band der Bücherei „Der jüngste Tag" bei
Poeschel & Trepte in Leipzig

Berechtigte Übertragung von Otto Pick

Die Glücklichen

Gefährliches Schweigen fiel in unsere Einöden und
    in die Tiefen der Wälder,
wo die höchsten Wipfel der Bäume von den
    Wundern des Lichtes flüsterten,
ein langer Aufschrei erbebte — und es neigte sich
    Durst zu der Quelle des Blutes.

Zwischen uns und den Sternen ziehen die Wolken
    der Erde.
Mit tausend feurigen Augen in unsere Nächte
    blicken spöttisch die Städte
und in den klingenden Gärten, wohin die Sterne
    tropften wie Tau, entstieg den Düften Begier.
Jahrhunderte künftiger und vergangener Schuld
    begegnen sich im Wahnsinn der Menge
und die Hände, die, müde vom Recken zur Höhe
    und in Gebeten, sich senkten,
schwärmen von glühenden Berührungen und
    nicht gehorcht uns unser reineres Träumen.
Fahl wurden die lieben Gesichter in unserer Seele,
    die Worte erstickten in schmerzlichem Lachen,
unsere ätzende Atmosphäre machte die Blüte der
    Farben und Dinge zu Schatten.
Dampf raucht aus den Wassern, auf denen wir
    fahren, versteinert sind unsere Ruder in
    ihnen,
die schmerzlich gekrampften Hände halten sie
    kaum, so reglos hängt ihre Schwere in den
    Wellen,

und schwindelnd faßt uns die Suggestion der
  Tiefen.

So sprach zu euerer Seele das Dunkel, doch stumm
  eurem Schmerze
und eueren Blicken, die die Tiefe verloren, bleibet
  die Erde:
weit irrt, vor euch Schwachen, ihr Traum in
  Jahrtausenden,
duftend und bebend in den Strahlen des
  Höchsten.

O Glückliche, die ihr aus diesen Augenblicken frei
  und rein euch erhobet,
öffnend die Augen, die vom Sturmwind des
  Feindes geschloßnen.
Den Starken ähnlich, als sie am Tage des Todes
  auszogen, Gebet auf den Lippen:
Flügelschlag höherer Wesen gab ihren Schritten
  den Rhythmus,
und ihr magisches Lächeln, der Sonne befahl es:
Stehe still über unserem Tag und gehe nicht unter,
bis die Ernte der Saat reift und wir auf der
  Walstatt anstimmen ein Danklied!
Und die Sonne stand still über ihrem Tag und
  ging durch Jahrhunderte nicht unter,
denn der Tag der Sieger, der Tausenden Licht gibt,
  leuchtet auf ewig.

O Glückliche, die ihr aus diesen Augenblicken frei
  und rein euch erhobet
und durch euer Gebet mit e i n e m Flügelschlag
  die duftenden Träume der Erde erreichtet:
aus den unsichtbaren Gärten, bepflanzt mit
  tausenden Toten, die eueres Werkes dort
  harren,
einatmet ihr tief die stärkenden Düfte.

Gebet für die Feinde

Deine Macht schuf, daß unsere Röte in die Wangen
    unserer Feinde hinüberfloß,
als unser Antlitz vor Bangen erblaßte,
und das Licht in den Blicken der Feinde machtest
    du klar wie Sterne durch unsere Bewölktheit.
Ihre freudigen Schreie entstiegen unserem
    Schweigen
und den Hauch unserer Grabblumen aus ihren
    Knospen einatmeten sie als lieblichen Duft.
Aber unser Gespenst schlich sich ein in ihr
    Träumen, knüpfte sich fest in ihrer Tanzlieder
    Kette,
und unsere stillsten Einsamkeiten waren der Ort
    unserer Begegnung.

Deines Geheimnisses schwerer Schatten seit ewig
    trennt ihre Seelen und uns.
Das mystische Licht, das du den Blicken
    entzündet, es brach sich anders in ihrer Brust
und der Sommer, in dem ihre Ernte reifte, als
    Feldbrand durchzog er unsere Fluren.
Aus ihren Stimmen brausen uns Winde, die
    hundertjährigen Sturm uns brachten,
das Leid vergessenen Weinens und auf den Ruinen
    verzweifeltes Schweigen.
Ihr Lächeln ist voller Gefahr und Erinnerung an
    die unbekannten Siege der Toten
und ihrer Stirne Düster ist der Schatten
    rätselhafter Tode vor Jahrhunderten.

In ihren und unsern Gedanken kämpft der
    stumme Wirbel der Stimmen aus der Tiefe der
    Seelen,
Echo der Gedanken der Väter, Vermächtnis der
    Trauer und Schuld erkalteter Blute:
deines Geheimnisses schwerer Schatten liegt
    zwischen ihren Seelen und uns.

Allgegenwärtiger! Du in Jahrhunderten
    unverwandeltes Lächeln!
Umarmung, umfassend die Unendlichkeit!
    Singendes Pochen tausender Herzen!
Flammen, entsprühend vor Lust verlöschenden
    Blicken!

Du, dessen Liebe wie brennender Schwefel fällt in
    die Gärten der irdischen Liebe!
Wir beten ein Gebet für die Feinde, die im
    Dämmern des Lebens uns nahen,
für sie, die außer uns gehn, unbekannt in der
    Ferne der Erde, des Todes,
und für jene, die an künftigen Morgen erwarten
    den Morgen unsres Geschlechts!

Deines Geheimnisses schwerer Schatten liegt
    zwischen ihren Seelen und uns.
Wege zu dir sind unsere Siege und unsichtbare
    Siege sind in unserer Überwindung.
Dem Zischen der Schwerter mischt sich das
    Rauschen der Ähren geheimnisvollen Reifens.
    Echo der Hiebe erklingt in der Ferne.
Im geschliffenen Stahl unserer Schwerter und der
    Schwerter der Feinde entzündest du e i n e
    Sonne aller Morgen,
und den Samen von blutenden Händen lässest du
    aufblühen als Lilien.
Zahllose Flammen seit ewig verzehren das Dunkel.

Auch die Sonne und der geheimnisvolle Durst
aller Welten,
doch immer erneut wälzt sich's her aus
kosmischen Höhen. Und doch wird am Ende
Licht sein.
Und unsere schmerzlichen Schreie, einst werden
sie tönen wie Bienen,
nahend den Stöcken mit der Süße des Honigs, den
sie errafften auf den Fluten der Zeiten.
Wir kämpfen deinen geheimnisvollen Feldzug.
Du bestimmtest die Führer der Truppen und
machtest ihre Höhe die Jahrtausende
überblicken,
die Strahlen ihrer Blicke brachen nicht im
Übergang von Mitte zu Mitte
und das Flüstern ihrer Befehle ward zum Donner
im Echo der Tiefen.
Du gabst Kraft unserm Angriff, als die
Landschaften des Lichtes von unseren
Schritten erdröhnten,
und Kraft den Armen der Feinde, als wir die Siege
des Tages
bei nächtlichen Fackeln entwarfen! —
Unsere Tage erstehen in Nebeln und bange und
bange und bange!
Unser Ermatten sät Rosen auf die Felder der
Feinde! Und es führt unser Weg zu den
Grenzen der Zeit!
O Ewiger!
Im Azur künftiger Jahrhunderte raucht zu dir als
ein Bittopfer der Schmerz aller Siege
und das Falten aller Hände, die von Tränen
benetzt sind, nach mystischer Verzeihung ruft
es!
Mache unsere Hiebe süß und die Zahl der

Lebenden größer, nicht kleiner!
Und daß in der Stille unseres Schmerzes in der
　　　Seele die mystischen Quellen des Lichtes uns
　　　rauschen,
denn der Schmerz und das Licht sind der
　　　Vibration deines Geheimnisses einzige
　　　Formen!
Mögen im Mittag unseres Kampfes uns klingen die
　　　ätherischen Küsse der im Tode versöhnten
　　　Seelen,
und die von der ewigen Schuld entzündeten
　　　Wangen kühle der Tau eines neuen Schattens,
in dem auch wir die Seelen unserer Feinde dereinst
　　　im Grimme der Liebe durchdringen,
die wir leugneten weinend und im rosigen Regen
　　　der Küsse der Toten,
denen du befahlst, zu welken auf den Lippen des
　　　Kämpfers!

Die Stadt

Ich sah eine Stadt im Flor fremden Lichts. Und
    Sonne
hing bleich und des Glanzes beraubt über ihr,
nichts mehr als ein Stern inmitten von Sternen.

Tausend Türme wuchsen zu den Wolken und
    eines vor langem zerstörten
Turmes Schatten erhob sich. Zahllose Massen
    wälzten sich torwärts und hervor aus den
    Toren,
Musik zu unbekannten Festen ertönte, es kamen
    Züge von Büßern,
Soldaten kehrten vom Kampfplatz, Gefangene
    schritten in Ketten,
und den Gräbern entstiegene Schatten irrten
    inmitten der Menge,
und in die Stimme der Lebenden mischte sich ihre
    Stimme und herrschte:
Sie vereinigten Hände von Fremden und ihr
    Lachen fiel in der Liebenden Küsse,
wo sie durch Umarmungen schritten, sanken die
    geöffneten Arme,
und aus ihren im Vorwurf der Schuld unheimlich
    klaffenden Augen
brach eine geheimnisvolle Sonne und floß jenes
    Leuchten,
das die Stadt und tausend Lebende in sein
    melancholisches Zittern tauchte.
Und ich irrte allein durch die Menge, der Schlag

meines Herzens
erstarb im Pochen zahlloser toter und lebendiger
    Herzen
und die magische Welle aller unserem Tage
    erloschenen Blicke
bestrahlte die Seele mir. Und dort traf ich dich:
deinem Odem entwehte der Duft meiner tiefsten
    Einsamkeiten,
der Heimaterde, der ätherischen Blüten im
    dunkelnden Laubgang,
erblüht in des Nachthimmels silbernem Regen,
und deine Stimme bebte von Stimmen, die ich im
    irrenden Winde erlauscht
bei meines einsamen Feuers Geprassel.

Ich bin wie ein Baum in Blüte . . .

Ich bin wie ein Baum in Blüte, tönend von Bienen,
    Insekten: Lachen und Ruh;
Blut: Aufgang der Sonne, Tag badet verjüngt im
    feurigen Schein;
in den Korridoren des Lichts habe ich Düfte
    gebreitet für meiner Liebhaber Schuh'
und in den Schoß der Frauen warf ich das
    Geheimnis der Nächte hinein.

Doch eifersüchtig, wenn ich nachts, matt von der
    Lenze Umarmung, im Schlummer denk',
will ich nicht, daß du meine ätherischen
    Schwestern begehrst, die dich locken zum
    Tanz:
in Jahrtausenden häuft' ich Schätze, ein
    Königsgeschenk,
und jenen, die nichts zu fordern verstehen, geb'
    ich es ganz.

Für sie ist die Grausamkeit meiner Liebe,
Ermattens Grabesnacht,
meiner Blicke Tiefe, so seltsam
wie Sternenbilder entfacht,
Kelch meiner Sekunden, wo der Ewigkeit Licht
wie Blut sich ergießt,
und der Küsse Taumel
böse und süß.

Bin nicht wie die Schwestern: ewige Nacht
breitet sich rot hinter meinen Träumen aus,

mit der Hochzeitsfackel ob der Liebenden Haupt
anzünd' ich das Haus:
Mit feuriger Sichel schnitt ich die Blüten, gesät
    von mir,
mit Flammen verjag' ich, den ich lockte, der Vögel
    Zug;
doch die Seelen, harrend seit Jahrhunderten,
    kommen aus geheimnisvoller Nacht heran,
in tötlicher Stille auf rauschender Bahn,
ätherischer Falter funkelnder Flug,
die Fackeln umkreisend, entzündet von mir
um der Erde feurigen Bug.

Sklavin des Ewigen, Fürstin des Wahns, ich kenne
    der Masse tieferen Klang,
erster Sonne Pracht, Wolke des Tages, der sinkt;
ein Tränenstrom netzt meine herrlichen Wangen,
    entfließend der Wimper, die in Wollust sank,
in meinem Weinen spiegelt sich das Kreisen der
    Sterne, Musik der Nacht in ihm sich
    aufschwingt:
denn Fluch der geheimen Schuld und die Zeit
    schluchzt in meinem Lachen bang
und in meinem, vom Lachen des Lichtes
    tränenden Weinen
Hoffnung der Wiederkehr klingt.

Motiv aus Beethoven

Das war kein leiser Hauch aus ewigfernen Jahren,
vor meiner Seele Fenstern stieg zu mir
Klang deiner Töne: Komm, im wunderbaren
Goldregen unserer Sterne baden wir.

Duft in den Gärten schläft und Himmelsblau in
    Teichen,
künftiges Morgenrot schloß sich in Blüten und
die Lieder schlafen warm in Nestern; fern
    entweichen
siehst du den Farbenschaum, grau sinkend auf
    den Grund.

Dunstschleier wird sich wie ein Vorhang breiten,
silbern mit Licht verwebt, wie aus Asbest,
während in schwarzen Waldeseinsamkeiten
das Leid sich matt zu Boden gleiten läßt.

Das Dunkel der Gewölbe will die Sternenlüster
    überbauschen,
kosmischer Samenstaub, und still wie ein Gewicht
sinkt Dunkel auf den Raum, wo fern die Ruder
    rauschen
entglittner Zeit. O sage, fühlst du nicht,

wie sich der Atem engt, betäubt von Nacht und
    Düften?
Und vieler Träume Flug sich in der Runde hebt
und lachender Jasmin und Rosenhauch in Lüften
in seiner Schwingen Wehn aus seiner Hülle bebt?

Wie dir Erinnerung auflodert in der Seele,

verhaltener Kräfte Quell dir an die Schläfen
    schlägt,
der Küsse Heftigkeit verbrennt dir Mund und
    Kehle,
und toten Glanzes sich dein Blut in Adern regt?

Daß die Pupille dir ein innerer Brand entzündet,
den Schatten, deiner Schritte Kette, nahm und
    brach,
und daß meine Hypnose in der Seele Kammern
    bindet
dein Leid an des Gedankens Lager, wo es nie
    erwacht.

Und fühlst du, wie Sein Hauch dem Tau der
    Sternenwiesen
milchstraßenwärts hinwehend sich vereint,
und Sehnsucht nach dem Tod, wie wundersüßes
    Fließen,
und sieghaft Lust und der Begierden schwarzer
    Wein,

und zweier nackten Arme gieriges Beginnen,
auf Alabasterbrüsten, weich zur Ruh,
in dein erregt berauschtes Wesen rinnen,
als schlössen sich die matten Sinne zu?

Kristall der Lampe füllt' ich mit dem Öle meiner
    Töne,
ich wölbte deine Gruft aus strahlendem Gestein.
O komm und auf der Zauberblumen Kissen lehne
in Falten matten Dufts dein müdes Haupt hinein.

Hörst meine Glocken du? Komm: ehe dir im
    kühlen
Erwachen sich das Leid aus deiner Seele schwingt,
sollst auf den Lippen du mein süßes Grablied
    fühlen,

und spüren wie sein Kuß dein Leben aus dir
    trinkt.

Und bis dir lohen wird der ewigen Tage Schimmer
(Regen von Feuerrosen), wird dir sein,
als wärst bei offenem Fenster du im Zimmer
und Morgenlieder still wehten zu dir herein.

Die Natur

Es tönten melodisch die verborgenen Quellen und
    mein Tag sang sein Lied zu dieser Musik
an den melancholischen Gestaden.
Die Trauer einstigen Lebens, aus dem ich
    hervorging, entstieg allen Düften
und dem Flüstern der Bäume und dem schweren
    Geläut der Insekten über den Wassern,
und ganze Jahrhunderte lagen zwischen ihnen
    und meiner blumenpflückenden Hand,
zwischen meinen Augen und der Welt voll
    Geheimnis,
die mit tausend fragenden Blicken stumm meine
    Seele durchforschte.

Gewölk verdunkelte die westliche Sonne. Und
    meine Seele befragte die Winde:
Sind dieses nahende oder fliehende Wolken?
Verstummten die Winde, zu gehorsamen Spiegeln
    glätteten sich die Wasser,
und die Sterne, wie Brände in den kalten Wogen
    strahlender Meere verlöschend,
erbrausten und rauschten über mir, unsichtbar:
Es schwindet das Licht nur beim Nahen größeren
    Lichtes,
eines noch größeren, größeren Lichtes.

Wo schon vernahm ich? ...

Du erschlossest die Fenster der Nacht, o
    Erschließender! Da weht' es herein voll
    Geheimnis
und riß die Flügel meines stärksten Gedankens mir
    aus dem Bereich meiner Blicke.
Im Taumel, als würde das ewige Kreisen der Erde
    in den Wolken der Welten
in der Seele bewußt mir, kam Gefühl des anderen
    Daseins in mich.

Von Erde zu Erde, von Sonne zu Sonne fiel Stille
    herab mit schwereren Schlägen
und neue Stille als Echo entstieg meinen Tiefen,
    andere Stille als die Stille der Erde:
Sie brauste vom Atemzug Tausender, von
    hundertjährigen Küssen, vom schwindligen
    Schweigen längst nicht mehr pochender
    Herzen,
vom Flug aller toten und künftigen Flügel, von
    den ewigen Symphonien der Strahlen,
vom melancholischen Läuten der Regen, die,
    fruchtbar, in hundertjähriges Reifen sich
    stürzen,
vom Aufschrei in Träumen, die das Morgenlicht
    fürchten, und von der Düfte mystischem
    Flüstern.
Sie bebte vom Sturme einstiger Meere in der
    künftigen Blitze Riesenorchester,
die letzten Kadenzen verklungener Lieder

verschmolz sie dem Anfang unbeendeter
    Lieder.
Stumme Fragen von nimmermehr fragenden
    Lippen!
In den Ekstasen des Todes voll Durst in die Ferne
    geheftete Blicke!
Dumpfe Stille geheimer Suggestion von
    Leidenschaften, die schmerzlich reisen zu
    künftigem Aufblühn,
die Völker führend durch die Mittnacht der Zeiten,
    in dem blutigen Abglanz der nördlichen
    Lichter:
Worte gekuppelt aus dem Flackern der Lichter, die
    fahl in den irdischen Gedanken verlöschen,
und innere Stimmen, die in den Tiefen der Seelen,
    ungehört, den Jubel der Seelen aller Welten
    und eines neuen Lenzes Lächeln erwidern!
Rausch aller künftigen Träume, die mit
    flammenden Regenbogen
als neue Sonnen am Himmel deines unsterblichen
    Hauches erblühen!
Ewiger Wirbel der stummen Blitze, in dem deines
    heiligen Willens Gebote
fliegen vom Geheimnis der unsichtbaren Welt
    hinüber ins Reich der ersterbenden Farben.

O Ewiger! Jetzt, da machtlos, von Liebe
    geschwächt die Hände mir sanken,
erschaut' ich mein Leben, von unbekanntem
    Lichte verwandelt:
das blasse Flimmern der Farben, von meiner
    Fenster eisigen Blumen aufspritzend,
zerschmolz, von deinem feurigen Hauche
    verwaschen und in der Pracht deiner Gärten
    tobt' ich mit Blicken.
Und doch, o mein Vater! wo schon vernahm ich

die Stimme deiner Stille, die mich so bekannt
    dünkt?
Wo schon gewahrt' ich die Pracht deiner Länder,
    daß ich ihrer Düfte Geschmack wohl erkenne?
Und den Glanz deines Blicks, der meine Seele in
    Schlummer versenkte und sie erweckte zu
    diesem Träumen?
Auf meinen Lippen brennt die Süße deiner
    Trauben und die Küsse verbrüderter Seelen.
Die Feier deiner Glocken fällt in meine Träume und
    läßt mich träumen von der Musik
und die Morgenzeichen deiner Boten, mir im
    Traume begegnen sie der Ahnung des Todes.
Dein süßes Erinnern blieb mir in der Seele, wie
    duftiges Dunkel nach löschendem Lichte,
durchströmt meine Blutwärme, als hielte geliebt
    eine Hand, nächtens im Schlummer, gefaßt
    meine Hände
und ließe im langen innigen Drucke mich träumen
    von Liebe.
Deines mystischen Mondes Mitternacht reizt
    meinen Sang, im Traume sich durch Gefahren
    zu tummeln,
und wie aus nächtlich leuchtenden Steinen atmet
    mir Schönheit aus deiner täglichen Lichter
    Geheimnis,
und vor Liebe verstummt spricht meine Seele mit
    ihrer Stimme von einstmals.

— — — — — — — — — — — — — — —

Die ewige Nacht entschlief in den reifenden
    Feldern. Von oben erglänzten vertraut mir die
    Sterne.
Vom Morgen anhuben zu flüstern die Düfte, die
    Stimme der Stille tönte bekannt,

von der Sonne träumten die Apfelbäume, von der
    reinen Begegnung der Seelen die Knospen der
    Rosen,
meine Seele, glücklich und bang, von der Heimat.

Erde?

Es breitet Welt um Welt sich aus,
ein Stern am andern, bricht Mitternacht herein,
und einer darunter umkreist eine weiße Sonne,
und seinen Flug hüllt Musik geheimnisvoller
     Freude ein,
und die Seelen jener, die am meisten litten,
in ihn gehen sie ein.

Hundert Brüder sagten: Wir kennen sein
     Geheimnis,
in ihm stehn Tote vom Traum auf, Lebende
     schwinden im Traume dahin;
die Liebenden sagten: Die Blicke erblinden vor
     übermächtigem Glanze
und wie Duft fremder Blumen tötet die Zeit jeden
     darin;
und sie, die durch die Jahrtausende sahen,
fragen: Erde? mit heiterem Sinn.

Mit dem Tode reden die
Schläfer . . .

Siehe, die Stunde, in der die Schwerkranken noch
    schlimmer sich fühlen
und die Liebe Allwissenheit erlangt.
Über alle Meere und Festländer fliegen tausend
    Stimmen herüber,
mit welchen, wie mit Psalmen eines einzigen
    Chores, die Brüder den Brüdern entgegnen.

— Der Westen verglühte, mit dem Tode reden die
    Schläfer und unsere Städte
sind still schon. Die Erde: ein verlorener Strand im
    Meer der Unendlichkeit,
darüber der kalte Azur, Baldachin einer offenen
    Basaltgrotte,
die ausgebrannt ist. Es klagt in ihr nur die Stimme
    deiner Meere
und ihre schäumenden Wellen schlagen her durch
    die tragische Stille
und funkeln höhnisch durchs Dunkel im Glanze
    herrlichen Goldes,
geschwemmt von den Inseln zahlloser entfernter
    Welten,
unerreichbarer. Und wir deine Gefangenen hier!
Im Sturm, der sich wälzt und unter gefallenen
    Sonnen hoch aufspritzt,
das Rauschen des Schilfs über blutigen Nestern

    . . .
Niemand totärmer als wir hat je sich der Zeiten

Geheimnis genähert:
denn auch der Schmerz reift in Jahrhunderten zur
    Vollkommenheit
und sein Obst, voll mystischer Kerne, wird bitter
    durch vielerlei Sonnen.
Nichts, was sie ihren Kindern verhieß, hat uns die
    Erde gegeben:
zu sehr hat ein Unsichtbarer die Wage unserer
    Schicksale belastet
und die Last unserer Tränen schuf nicht das
    Gleichgewicht.
Inmitten des Reichtums des Lebens, zum Stillen
    der Dürste
war das strahlende Weiß unserer Beute wie
    Wolkenphantome,
die täuschend des Wassers Spiegeltiefen
    durchziehen.
Und es verfingen die Netze, gesponnen zur Jagd
    im Unendlichen, am Grund sich
im Aufgeschwemmten von tausenden Jahren.

Unsere süßesten Tage glichen dem drückenden
    Traum der Glücklichen anderer Welten,
aus dem sie blaß und mit Zittern erwachen
und Jahre hindurch sich seiner erinnern . . .

Jahrtausende lang harrten wir in deines
    Geheimnisses Dunkel,
von der Anmut des ewigen Rhythmus in den
    Schlummer der Ungebornen gewiegt:
Wie kam's, daß das Licht dieser Erde bis in die
    Tiefe der ewigen Nacht drang,
die Augen uns öffnend für Tränen und Sonne?

Ah, Jahrtausende noch zu schlafen! Mögen die
    Welten nur
kreisen um feurige Abgründe und gereifte Körner

aus den Ähren der Konstellationen fallen
in deines Äthers schwarzen Grund, in deines
    Schoßes Gefälte,
des durch die Unendlichkeit sich breitenden!

Und heischt unser Leiden eine geheime
    Gerechtigkeit,
was spricht sie nicht deutlich zu unseren Seelen?
    Wer wanderte vor uns einst
und schnitt Zeichen in die Rinden der Bäume
    deines Urwalds hinein,
die wir nicht verstehen? Und deckte Wolfsgruben
    mit blühenden Zweigen?
Warum tönen der Propheten Worte wie
    Halluzinationen
an unser Gehör? Und funkeln uns Bangen im
    Walddickicht nachts
gleicherweis Sterne und Augen von Phosphor?
    Krank allzusehr fühlen wir Krankheit
in der Gesichter extatischer Umwandlung, in der
    Heiligen strahlender Blässe
und in von Helle überströmenden Worten. Und
    für unseren Tod ward die Wahrheit zur
    Krankheit.
So gehen wir, traurig, und das Weib, uns
    Genossin, mit heimlichen Blicken
spricht sie umsonst uns von der Unsterblichkeit.
    Umsonst in ihr Lächeln
wie in einen Schleier himmlischer Lichter hüllt sie
    des Leibes jungfräuliche Weiße.
Vergebens, die Gütige, verheißt sie Vergessen . . .
Die tausendjährige Nacht hat unserm Blicken die
    brüderliche Reinheit geraubt
und sich gewölbt zwischen dem Tage des Manns
    und des Weibes:
nach jedem Kusse breitet sie ins Unendliche ihre

täuschende Stille
und ihre Sternstrahlen sind Blitze, durch welche
die Erhabensten sterben. Es begegnen sich nie die
    Tage unserer Seelen.
Die Sonne, die wir gleich hoch über uns sehen,
ist an Zeit verschieden für sie und für uns.
Aus Rosengärten klagt der Sklavinnen Weinen
und im barbarischen Aufschrei der Kraft ist die
    Schwesterseele verstummt,
leise singend. Unser Umarmen ward wie ein
    Zeichen ins Dunkel,
rufend den Schmerz. Des Glücks für ewig
    verlorenes Eden
verschlossen liegt es zwischen uns da. Nur der
    reinste, zum Äther aufsteigende Traum
vermag von oben in seine strahlenden Gärten zu
    blicken,
wo zweckloser Duft zu den sieben Himmeln
    emporraucht.
Und unsere schweifende Freude sucht vergebens
    die Schwestern.
Noch donnerte nicht in alle Zeiten der mystische
    Kuß der Versöhnung
wie ein Erdbeben, darin die Erde zerbirst
und neu sich in Apotheosen erhebt.

Doch bis jetzt, rätselvoll wallt sie in verborgenem
    Feuer
unter Orangenhainen. Die gigantischen Formen
    einstigen Lebens
hat sie in steinerner Presse gepackt und sie wartet.

Und des Körpers letztes Geheimnis ist der
    Schmerz, des Kosmos Gewicht, von der Seele
    erfühlt.
Er wälzt sich durch alle Blutquellen, durch

tausend tötliche Düfte.
Er treibt alle Mühlen des Lebens und zart wie der
     Äther
auch die Windmühlen des Traums auf den
     höchsten Gipfeln.

Es zittern Schattenhände auf den Tasten, leicht wie
     schwarze Falter,
jeder unserer Atemzüge füllt das geheimnisvolle
     Instrument mit Luft;
Akkorde wirbeln im Wahnsinn, hundert Seelen
     klagen in den Resonnanzen,
Tag und Nacht wie Seiten eines Blattes wechseln
     im Buche mystischer Komposition . . .
Was bedeutet das Flüstern der Küsse in dieser
     tragischen Musik, welche donnert
aus der Stille unzähliger Empfängnisse im
     Mutterleib in die Stille der feuchten Erde,
ewig erneut und doch voll tausendjähriger
     Reminiszenzen?
Im Stöhnen der Winde, Wälder, Gewässer steigt sie
     zum Himmel,
der Erde Geschenk in der Welten Symphonie,
Lärm der Kämpfe mit unsichtbaren Feinden,
tausendfältig verklingender Schrei, der in
     entschwundenen Zeiten
im Beben der Schuld sich erhob . . .
Sieh, die Augen, jahrhundertelang vergebens
     ersehnend den Schlummer,
kaum geschlossen öffnen sich wieder bei ihrem
     klagenden Echo,
und den Tiefen unserer Tage und Nächte
     entlodern wie Phosphor
die Noten der höchsten Töne!

— Alles ist voll Durst. Und es suchen uns ständig

die trockenen Lippen im Dunkel
und schlürfen gierig von unserem Blute. Und
    unserm Ermatten
lächeln die Lenze mit um so feurigern Blüten.
    Bitter ist die Arbeit im Geheimnis der Erde
wie die Arbeit von Sklaven im Bergwerk. Und das
    Licht unserer Flammen
reizt im dröhnenden Hauche der Tiefen die im
    Dunkeln webenden Kräfte.
Die Garben unserer Ernten wurden feucht in den
    Stürmen, wurden schwer und verwuchsen;
wie heben wir sie auf, sie den Brüdern zu reichen,
    wenn unsere Hände
zerfetzt von der Mühe hundertjährigen Ackerns
    erzittern?

— Sieh, die Seelen Tausender erschlossen sich
    endlich und hinter all ihrer Bläue
liegt ein Abgrund. Wir wissen, Fluch fiel auf Alles.
    Die Vögel der Höhe
und was kreucht auf der Erde beben vor den
    Stärkeren. Hundertjährigen Krieg
führen die Völker der Insekten. Auch in der
    reinsten Welt der Pflanzen
herrscht Kampf und Verwelken, drin die duftige
    mondhafte Zartheit
erliegt dem Anprall barbarischer Stärke. In des
    Kampfes Getümmel
brodelt das Leben voll Glut und auf seinem
    Dampfe
schaukelt unsre Hoffnung: wir leben vom
    Schmerze unzähliger Wesen.
Unser Blut, scheint es, entströmt einer
    geheimnisvollen Wunde des Alls
und ist geflossen in unseren Körper und wirbelt
    darin mit krampfhaftem Pulse.

Umsonst lassen wir unsere Lichter im Gewitter in
　　die Nacht lohn: mit dem Kreuze der Blitze
zerteilt sie die Wahrheit. Aufgelöste Massen
　　unserer vom Leben verwirrten Brüder
wälzen sich über alle Wege unseres Gedankens
　　von einem Zeitalter ins andere.
Und ähnlich den Wahnsinnigen, die auf ihre
　　Phantome starren
in der Lust des Vergessens,
träumen von neuen Schreien der Wonne wir in
　　Betten,
die unter Sterbenden erkaltet sind.

— Und der Westen, der in fernen Jahrhunderten
　　sich wölbte wie die Pforte der ewigen Stadt,
aus der die Engel über des Todes schwarze
　　Abgründe strahlende Fallbrücken herablassen
und wo aus Tiefen weißen Lichtes das Hosianna
　　der seligen Geister ertönt,
das Firmament über dem Schmerze der Erde
　　gewölbt aus der reglosen Ewigkeit des
　　Glückes,
hat durch Fluch sich verwandelt:
ein Blutwirbel ist die versinkende Sonne,
bis zum Zenith spritzt sie ihren erkaltenden
　　Schaum nach den Sternen
und es naht ihr in immer kleineren Kreisen unser
　　erstarrtes Leben,
um in ihrer Tiefe ins Dunkel zu tauchen.
In die flammende Gehenna sahen unsere Augen
　　und erblindeten vor Glut:
Spiegel, gestürzt in die schwellende Esse, und
　　zerflossen in gläserne Tränen.
Gespenstiges Lachen kam aus dem Dunkel und
　　unser Gehör wurde zu Stein:
wie in einem verkalkten Schneckenhaus hören wir

31

gleichartig brausen
des Meeres tückische Wellen und der
    Engelsschwingen rhythmischen Schlag. —
Stille . . . Wie über toten Körpern
knieten über uns in Gebeten die Seelen,
es steht in den Blicken:

Die Zeit durchflog die Höhen, im Sturm des
    Ruhms und des Todes, mit dem mystischen
    Gespann der Sterne
über die Kreuzwege der Unendlichkeit, der
    Triumphwagen des Höchsten,
vom leuchtenden Sturmwind der Sieger geleitet.
Wohin fliegt diese Fahrt, donnernd durch die
    Harmonien,
in der sich die Schreie von Millionen seufzender
    Seelen verlieren,
wie stiller fruchtbarer Regenfall in der Musik, die
    den Sieger begrüßet,
und die Zyklone des Schreckens und Todes, das
    Weltall erschütternd,
dem Wind gleichen, der der Festglocken Einladung
mit e i n e m Hauch von tausend Türmen
    verbreitet?
Wohin fliegt diese Fahrt? Wo hält sie einst inne?
Die Räder wirbelten,
wie Sonnen strahlten die geheimnisvollen Achsen
    in weißen Flammen,
Wolken von Funken bedeckten die Inseln der
    Seelen und vom Korn des heiligen Feuers
    stammten die
Schläfer.
Es erstanden leuchtende Heere von Äonen zu
    Äonen wie ein Lied,
das der Erste auffing aus dem göttlichen Worte
und in die Scharen hineinsang

und welches anschwillt von Lippe zu Lippe,
bis es alle erfaßt hat,
Millionen Seelen,
in einem einzigen flammenden Rhythmus!

Die Propheten

In die Städte, deren Türme und Paläste einmal ein
      Erdbeben
zerrütteln wird, bis die seltsam gestalteten Wolken
aufstöhnen vor Zorn, von den Blitzen der eigenen
      Tiefen verwundet,
und das Feuer, das in tausend verborgenen
      Höhlen vom Ruhme geträumt hat,
sich rührt, zu rächen den ewig Eingekerkerten,
und mit all seinen Stimmen aufschreit deinen
      Namen,
und die Sonne ihr Antlitz, wie's den Zeiten
      vertraut war, verändert:
kommen sie, unbemerkt, deine Gesandten,
die deines Königreichs Eroberer sind.

Umringt von Musik und tanzenden Mädchen und
      Liedern
lauschen sie deinem heiligen Odem,
der den Sterblichen auslöscht die Lichter, doch die
      Brände der Welten
zu Weißglut entfachet;
in welchem die Blumen regungslos bleiben, wenn
      er dahinbraust in ihren Tiefen,
aber der uralte Felsen zerschmettert wie Brocken
      duftenden Brotes,
für die zarten Lippen des harrenden Lebens.
Ihre Stimme, vom Sturmwind der Zeiten
      entbunden, weht ihnen nach,
süß wie der Duft hinter Einem mit Rosen, bitter

wie Fackelrauch;
und die eigenen heimlichsten Gedanken, von
    Allwissenheit erschreckt,
hören sie über sich mit den Sternen hoch singen,
unter sich schweigen mit Feuer und Geheimnis in
    den Tiefen der Erde,
der Lichter und Nächte wechselnder Chor!

Sie reden von dir und von deinem Ruhme,
vom Fluch, der auf der Seelen Bruderschaft liegt
und die Sprache der Bauenden gespaltet hat; und
    es irrt ihre Liebe
über den Ländern von Jahrhundert zu
    Jahrhundert
wie der Sommer aus Siedlungen, wohin Sonne
    ewig steil fällt.
Neues Obst gedeiht auf den Bäumen der Erde,
Ableger aus ihren geheimnisvollen Gärten;
doch ihre Hoffnungen, fähig so hoher Flüge und
    Lieder,
baun ihre Nester ganz tief nah der Erde
wie Nachtigallen!

Und nahet die ihnen bestimmte Stunde, dann
    verdunkelt
die Sonne ihnen die tote Welt; und wie aus des
    Liebenden Herzen die Wunde sich gießet,
verwandelt das Licht sich ihnen in Blut; und vor
    ihrem Blicke
breitet es Landschaften künftiger Zeiten,
strahlend in neuen Konstellationen.
Dein Hauch treibt Millionen vor ihnen her wie
    Wellen
des ewigen Meers, das in breiten Buchten die Erde
    umspület
und durch Jahrtausende ihr Festland verwandelt.

Durch den Schnee, mit dem der Zeiten Geheimnis
    die von dir gesäete Wintersaat decket,
barfuß, wie Vertriebene, gehn sie einher und ihrer
    Gedanken zahllose Schar
blutet in tausenden Fußstapfen
bei jeglichem Schritte!
Stürmen werden sie über die brennenden Städte
    künftiger Zeiten,
wie auf feurigem Teppich, gedeckt auf den Stufen
deiner heiligen Hoheit! Und ihr jeder Gedanke,
der sich in Mitleid wendet zurück,
wird im Erkennen zu Steine erstarren! —

Und immer neue hundertjährige Wolken
    erdonnern vor ihnen:
Blitze, totfahl bestreichend das Antlitz der
    Schnitter!
Schwerer Zusammenprall kühner Schiffe im Nebel!
Heulen der Menge auf düsteren Bauten,
von Blute starrend ihr schwarzes Gerüste,
Hinrichtungsstätten!
O Lieder der Leidenschaft, entsteigend den
    Flammen!
Blicke künftig Leidender, Magie ihrer Berührung!
Küsse, neue Ewigkeit Lichts und der Trauer
    erschließend!
Wahnsinn e i n e r Seele, auf deren lodernden
    Wogen
die Erde schaukelt! Leidende Zeiten, Jahrhunderte
    schwindend,
unsterbliche,
tragend die Schwere jedwedes Sternbilds,
erkennend den eigenen Ruhm!

Und wenn sie endlich in festlicher Stille
die Spitzen der Flotten künftiger Geschicke,

welche aussegelten, als entstand diese Welt,
herannahen sehen von trübfernen Küsten,
die Ruder verdeckt noch von der Höhlung der
    Fläche:

Da schreit ihre Freude stark auf und von Gluten
und Ungeduld voll! Und sie, die die Wollust noch
    nicht erkannten,
erwachen zur Wollust aus dem was sie sehen,
und Schmerz, einzig wert ihrer Kraft, verschließt
    ihre Seelen:
der Schmerz der saumseligen Zeit.
Zu langsam kreist ihnen die Erde, zu langsam
    kommen die Morgen,
und allzu lang weilen die Mittage in den Schatten
    der Bäume,
unter den Schnittern.
Sie wünschen sich durch die Jahrtausende mit des
    Windes Schnelle zu fliegen,
tausend Herzen zu haben, um mit ihrem Blut ihre
    Ekstasen zu stillen
und mit einer Röte wie der Aufgang der Sonne
und mit Polarlicht und dem Brande der Welten
das Antlitz ihrer Liebe!
Alle Seelen mit Wein aufzuheitern, der ihnen so
    festlichen
Schmerz bot und Räusche
und der aus einer verborgenen Quelle
    emporschießt,
durchduftend das Weltall aus der glücklichen
    Erde,
nur ihren Kindern noch für Jahrhunderte
vergebens!

ARKADIA
EIN JAHRBUCH
FÜR DICHTKUNST
HERAUSGEGEBEN VON MAX BROD
BUCHAUSSTATTUNG VON E. R. WEISS
Geheftet M 4.50 • Gebunden M 6.—
INHALT:

DRAMATISCHES: *Robert Walser*, Tobold / *Franz Werfel*, Das Opfer / *Franz Blei*, Der Mäcen. EPISCHES: *Franz Kafka*, Das Urteil / *Otto Stoessl*, Aus der Villa Obweger / *Moritz Heimann*, Ein Begräbnis im November / *Max Mell*, Jugendgeschichte Zeno Balderonis von Jeruditz / *Oskar Baum*, Der Antrag / *Willy Speier*, Christus in den Weizenfeldern / *Martin Beradt*, Der Neurastheniker / *Max Brod*, Notwehr / *Alfred Wolfenstein*, Dika / *Hans Janowitz*, Ein Ausbruch / *Hans Janowitz*, Szene der Erfüllung / *Kurt Tucholsky*, Kindertheater / *Heinrich Eduard Jacob*, Fremder Schläfer im Kupee / *Robert Walser*, Zwei Aufsätze: Rinaldini — Lenau. LYRISCHES: *Franz Blei*, Liebeslied des Sardinischen Seeräubers / *Robert Walser*, Handharfe am Tage / *Max Brod*, Vier Gedichte / *Heinrich Lautensack*, Beichte / *Otto Pick*, Gedichte / Franz Janowitz, Gedichte.

KURT WOLFF VERLAG • LEIPZIG

GEORG HEYM

DER EWIGE TAG

Zweite Auflage

Geheftet M 3.— • Halbpergamentband M 4.—

Herbert Eulenberg in der B. Z. am Mittag: Es ist der
bedeutendste unter den wenigen von unsern jungen
Lyrikern, die überhaupt heute in Frage kommen. — Er
hat die empfindlichsten Nerven und Sinne, die ein
Dichter haben muß.

Frankfurter Zeitung: Welch ein Anschauen, welche
Leidenschaft bildlicher Gestaltung! Ewige Helligkeit,
unbarmherziges Licht breitet er über jede Erscheinung
der Wirklichkeit u. der Träume, über Leben u. Sterben,
Schrecken und Beruhigung. Georg Heym war ein
Dichter. Es gibt in der deutschen Lyrik keinen, dem er
irgendwie geglichen hätte.

UMBRA VITAE

GEDICHTE AUS DEM NACHLASS

Zweite Auflage

Geheftet M 3.— • Halbpergamentband M 4.—

Dr. Rudolf Fürst in der Vossischen Zeitung: Bei all dem ganz
Besonderen, dem schier Unerhörten, das er in den
feinsten Gefühl- und Vorstellungsnüancen ausdrücken
will, zeigt der rasch Gereifte eine ungewöhnliche
Beherrschtheit der Ausdrucksmittel. Wir haben viel in
Georg Heym, dem Fünfundzwanzigjährigen, verloren.
Artifex periit.

DER DIEB

EIN NOVELLENBUCH

Geheftet M 3.— • Gebunden M 4.—

Leipziger Tageblatt: . . . Novellen, in denen auf engstem
Raume alle Qual der Menschheit von der kindlichen
Verzweiflung erster Enttäuschung bis zu Hunger,
Entartung, Wahnsinn, Krankheit und Tod mit einer
unheimlichen Klarheit und Kraft zu einer fürchterlichen
Anklage zusammengepreßt erscheint.

KURT WOLFF VERLAG • LEIPZIG

www.ingramcontent.com/pod-product-compliance
Lightning Source LLC
Chambersburg PA
CBHW030912260626
47169CB00008B/2812